Les Femmes en Blanc

AVANT QUE LE COR NE M'USE !

Dessin : Bercovici / Scénario : Cauvin

DUPUIS

Dépôt légal : octobre 1996 — D.1996/0089/167
ISBN 2-8001-2337-0 — ISSN 0771-9124

Imprimé en Belgique.

La gaffe !

BRRRRR
AÏE! C'EST LE 816! C'EST BON! J'Y VAIS!
LISETTE...
OUIIII?
FAIS BIEN ATTENTION À CE QUE TU LUI DIRAS. IL ESSAIE PAR TOUS LES MOYENS DE SAVOIR LE TEMPS QU'IL LUI RESTE À VIVRE...
AH?
ET COMBIEN DE TEMPS LUI RESTE-T-IL?
D'APRÈS LE DOCTEUR MINET, IL NE DEVRAIT PAS PASSER LA NUIT...
VOILÀ POURQUOI IL A BIEN INSISTÉ SUR LE FAIT DE LE LAISSER DANS LA PLUS TOTALE IGNORANCE, C'EST LE GENRE DE MALADE QUI NOUS RENDRAIT LA VIE IMPOSSIBLE S'IL VENAIT À SAVOIR...
O.K.! TU PEUX COMPTER SUR MOI!
LISETTE, TU AS BIEN COMPRIS?
OUIIII! JE NE SUIS PAS IDIOTE, TOUT DE MÊME...
BONSOIR, MONSIEUR MOURIER! VOUS AVEZ APPELÉ? QUE PUIS-JE FAIRE POUR VOUS?
JE... JE VEUX SA... SAVOIR...
SAVOIR QUOI?
LE TEMPS QU'IL ME RESTE À VIVRE EN CE BAS MONDE...
VOUS?!... HI HI HI... VOUS ÊTES FAIT POUR VIVRE CENTENAIRE, MAIS ENFIN, REGARDEZ-VOUS, VOUS ÊTES BÂTI COMME UN ROC!
JE... JE NE VOUS CROIS PAS...

AH BON ? ET QU'EST-CE QUI VOUS FAIT DIRE ÇA ?
VOUS AVEZ LE NEZ QUI S'ALLONGE...
EUH... EH BIEN, J'AI RÉPONDU À VOTRE QUESTION... HÉ HÉ... À PRÉSENT, IL FAUT QUE JE M'EN AILLE...
NOOOON ! A... ATTENDEZ...
MMH ? QUOI ENCORE ?
JE... JE VOUDRAIS CONTACTER MON... MON NOTAIRE...
MAINTENANT !? NON MAIS, VOUS AVEZ VU L'HEURE QU'IL EST ?! IL DOIT ÊTRE AU LIT, EN TRAIN DE DORMIR !...
EH BIEN, RÉVEILLEZ-LE ...DITES-LUI... DITES-LUI QUE C'EST... IMPORTANT...
PAS QUESTION ! IL EST BEAUCOUP TROP TARD ! ON NE RÉVEILLE PAS UN NOTAIRE QUI DORT ! BONNE NUIT, MONSIEUR MOURIER !
VOUS... VOUS NE ME DEMANDEZ PAS POURQUOI JE TENAIS ABSOLUMENT À LE RENCONTRER DANS L'HEURE ?
BON ! ALLEZ-Y ! DITES-MOI POURQUOI ! MAIS APRÈS, JE M'EN VAIS ! C'EST QUE JE N'AI PAS QUE ÇA À FAIRE, MOI !
JE... JE VOULAIS LUI FAIRE CHANGER MON TESTAMENT...
...VOUS COMPRENEZ... VOUS AVEZ ÉTÉ TELLEMENT GENTILLE AVEC MOI... JE VOULAIS QUE VOUS EN DEVENIEZ LA SEULE BÉNÉFICIAIRE...
...MAIS SI VOUS... DITES QUE J'AI TOUT LE TEMPS ...ON... ON VERRA ÇA LA SEMAINE PROCHAINE ... B... BONNE NUIT, MADEMOISELLE...
227
EH ! VOUS AVEZ SON NUMÉRO ?
JE LE SAVAIS ! JE LE SAVAIS ! AU SECOURS ! À L'AIDE !
BON SANG ! MAINTENEZ-LE ! JE NE PARVIENS PAS À LUI ADMINISTRER LES CALMANTS...
JE... JE ME SUIS FAIT AVOIR !...
JE SAIS !
DU VALIUM, ENCORE DU VALIUM !

Y a un truc!

JEAN-PIERRE ! EH BEN DIS DONC ! TU NE TE REFUSES RIEN... C'EST À TOI, CE SUPERBE ENGIN ?...
BIEN SÛR ! QU'EST-CE QUE TU VAS T'IMAGINER ? QUE JE L'AI VOLÉ ?
ON SE PREND UN POT ?
AVEC PLAISIR !
J'AI OFFERT LA MÊME À MA FEMME, LE MOIS DERNIER, À L'OCCASION DE SON ANNIVERSAIRE, EN MÊME TEMPS QU'UNE VILLA SUR LA CÔTE...
SOIS FRANC ! TU AS GAGNÉ AU LOTO, TOUCHÉ UN HÉRITAGE, DÉVALISÉ UNE BANQUE OU TU T'ES LANCÉ À CORPS PERDU DANS LE COMMERCE DU JEU, DE LA DROGUE ET DU RACKET ?
BAR
MAIS PAS DU TOUT ! JE SUIS TOUJOURS MÉDECIN GÉNÉRALISTE...
HÉ ! HO ! TU RIGOLES ?
J'EN AI L'AIR ?
GARÇON !
JE... JE NE COMPRENDS PAS ! J'AI FAIT LES MÊMES ÉTUDES QUE TOI, J'AI TRIMÉ DURANT DES ANNÉES, 24 HEURES SUR 24, WEEK-ENDS COMPRIS, ET POUR EN ARRIVER À QUOI ? ENCORE AUJOURD'HUI, C'EST À PEINE SI J'ARRIVE À JOINDRE LES DEUX BOUTS !
MAIS J'AI COMMENCÉ COMME TOI, MON VIEUX...
PENDANT DES MOIS ET DES MOIS, CE FUT LA GALÈRE... DES JOURS DURANT, JE NE VOYAIS PERSONNE...
DIPLÔME
OU PRESQUE...
TOUSSEZ !
KOFF

JE COURAIS À LA RUINE... ET PUIS, UN JOUR, J'AI RÉFLÉCHI LONGUEMENT...
J'AI FERMÉ MON CABINET...
FERMÉ
?
J'AI APPELÉ MA FEMME...
CHÉRIE, J'AI À TE PARLER!
...ET, PENDANT DE LONGUES HEURES, JE LUI AI EXPLIQUÉ MON PLAN, POINT PAR POINT, DÉTAIL PAR DÉTAIL.
ENSUITE, J'AI EMPRUNTÉ DE L'ARGENT, ET, PENDANT LA SEMAINE QUI SUIVIT, ON A TOUT REFAIT À NEUF.
BRUSH BRUSH
HAUT
ÇA M'A COÛTÉ LA PEAU DES FESSES, MAIS JE VOULAIS SORTIR DE L'ANONYMAT. IL FALLAIT BIEN QUE JE PASSE PAR LÀ...
ET PUIS, UN JOUR...
TU... TU CROIS QUE ÇA VA MARCHER ?
JE L'ESPÈRE, CHÉRIE! IL NE NOUS RESTE PLUS QU'À CROISER LES DOIGTS.
ÇA Y EST! EN VOILÀ UN! VAS-Y!... TU SAIS CE QUE TU AS À FAIRE...
DRIIIING
?
?
?
VOUS AVEZ RENDEZ-VOUS?

REN... RENDEZ-VOUS ?! AH ? IL FAUT PRENDRE RENDEZ-VOUS MAINTENANT ?
C'EST UNE PRATIQUE COURANTE, VOUS SAVEZ...
AVANT, IL NE FALLAIT PAS !
OH ! VOUS ÊTES SANS DOUTE L'UN DE SES ANCIENS ET FIDÈLES PATIENTS ! RAPPELEZ-MOI VOTRE NOM ?...
ÉDOUARD ! ÉDOUARD CHEVALIER !...
DOCTEUR, UN CERTAIN ÉDOUARD CHEVALIER DEMANDE SI VOUS POUVEZ LE RECEVOIR ?...
CLIC
ÉDOUARD ? ÉDOUARD CHEVALIER, MAIS BIEN SÛR !...
DÉSOLÉ, MONSIEUR LE BARON, MAIS J'AI LÀ UN ANCIEN ET FIDÈLE PATIENT...
JE COMPRENDS...
IL VA VOUS RECEVOIR...
SI CELA NE VOUS DÉRANGE PAS TROP, REVENEZ ME VOIR PLUS TARD...
BIEN...
MES HOMMAGES À MADAME LA BARONNE...
MONSIEUR LE BARON...
JE N'Y MANQUERAI PAS ! AU REVOIR, DOCTEUR...
JE VOUS METS UN AUTRE RENDEZ-VOUS POUR LA SEMAINE PROCHAINE ?
MAIS JE VOUS EN PRIE...
VOUS ME TÉLÉPHONEREZ LE JOUR ET L'HEURE...
SLAM

SCRATCH
BONG
BOLONG
MADEMOISELLE! FAITES ENTRER CE CHER MONSIEUR CHEVALIER ...
BIEN, DOCTEUR.
????
?
?
?
CE CHER ÉDOUARD! PUIS-JE VOUS APPELER ÉDOUARD ? DEPUIS LE TEMPS QUE NOUS NOUS CONNAISSONS... ALLEZ, INSTALLEZ-VOUS ET DITES-MOI CE QUI VOUS AMÈNE...
EUH ... DITES-MOI ... LE MONTANT DE VOS HONORAIRES N'A PAS CHANGÉ, AU MOINS ?
MON CHER ÉDOUARD, QU'ALLEZ-VOUS PENSER LÀ ?
MAIS IL N'EN EST ABSOLUMENT PAS QUESTION! POUR VOUS ET VOS AMIS, IL RESTERA LE MÊME... ET POUR LES AMIS DE VOS AMIS AUSSI... BIEN SÛR, IL N'EN SERA PAS DE MÊME POUR TOUT LE MONDE... J'ESPÈRE QUE VOUS ME COMPRENEZ...
BIEN SÛR !
APRÈS ÇA, J'TE DIS PAS! LE BOUCHE-À-OREILLE A FONCTIONNÉ...
...ET IL VOUS A FAIT PASSER DEVANT UN BARON ?!...
JE VOUS JURE! ET SI VOUS Y ALLEZ, DITES BIEN QUE VOUS VENEZ DE MA PART ET VOUS NE PAIEREZ PAS PLUS CHER QU'AILLEURS!
ET IL VOUS A FAIT PASSER AVANT UN P.D.G ?!
JE VOUS ASSURE! EN TOUT CAS, SI VOUS Y ALLEZ, DITES BIEN QUE VOUS VENEZ DE MA PART...

IL VOUS A FAIT PASSER DEVANT UN MINISTRE ?!...
MAIS OUI ! JE NE SAIS PAS LEQUEL, MAIS LA SECRÉTAIRE L'A APPELÉ M. LE MINISTRE ! AH J'OUBLIAIS, SI VOUS Y ALLEZ, DITES-LUI BIEN...
LE PRÉSIDENT DE LA RÉPUBLIQUE !?!
EN TOUT CAS, ELLE L'A APPELÉ M. LE PRÉSIDENT ! MAIS JE NE L'AI VU QUE DE DOS ...
À PROPOS, SI VOUS Y ALLEZ ...
ARAFAT ?!
JE L'AI RECONNU À LA COIFFE QU'IL PORTE TOUJOURS ! MAIS SI VOUS Y ALLEZ...
LE TEMPS A PASSÉ ; À PRÉSENT, JE N'AI PLUS À RECOURIR À CE GENRE DE STRATAGÈME. JE ME SUIS FAIT UNE CLIENTÈLE, ET MON CABINET NE DÉSEMPLIT PAS.
...ET J'AI MÊME REMPLACÉ MA FEMME PAR UNE VRAIE SECRÉTAIRE.
AU SUIVANT !
MONSIEUR ROGER ROHAERT...
EST-CE BIEN HONNÊTE, TOUT CELA ?...
EN TOUT CAS, IL N'Y A RIEN DE MALHONNÊTE ...
LE MONTANT DE MES HONORAIRES N'EST PAS PLUS ÉLEVÉ QU'AILLEURS, ET J'ESSAIE DE DONNER À MES PATIENTS DES DIAGNOSTICS AUSSI PRÉCIS QUE POSSIBLE ; OÙ EST LE MAL ?
SUR CE, IL FAUT QUE JE ME SAUVE ! COMME JE TE L'AI DIT, MAINTENANT CE N'EST PLUS LE TRAVAIL QUI MANQUE ... SALUT !
SALUT, JEAN-PIERRE ...
224
CHÉRIE, J'AI À TE PARLER !
?
5

Trichoclastie aiguë

SLAM
C'EST TOI, CHÉRIE ?
OUI !
QUI C'EST QUI VA TENDRE SA PETITE MIMINE À SA PETITE CHÉRIE ?
?
SMASH !
OUAAAAAAAAAH !
BONK
BONK
BONK
NON MAIS, ÇA VA PAS LA TÊTE ?!
C'EST POUR TON BIEN, CHÉRI...
JE... JE NE COMPRENDS PAS...
JE VAIS T'EXPLIQUER...
PLUS TARD...
AH ! C'ÉTAIT DONC ÇA !...
EH OUI ! C'EST CELA, LA TRICHOCLASTIE...

SMAP!
OUAAAAH!
N'OUBLIE PAS, VICTOR! C'EST POUR TON BIEN!
M... MERCI, CHÉRIE!...
SGNIF
OÙ VAS-TU?
REGARDER LA TÉLÉ!
NON!
SI!
NOOOON!
SI!
SMAP!
OUAAAAAAH!
C'EST POUR TON BIEN, CHÉRI!
PLUS TARD...
OUAAAAAAH!

ENCORE PLUS TARD...
SBAF!
WOOOSH!
OUAAAAAH!
LES JOURS ONT PASSÉ...
ALORS, MARYLINE, VOTRE MARI ?
JE VOUS L'AI AMENÉ, DOCTEUR! IL VOULAIT VOUS VOIR SEUL À SEUL, MAIS J'AI TENU À L'ACCOMPAGNER.
ME VOIR SEUL ? MAIS POURQUOI ?
ALLEZ SAVOIR! VICTOR! TU VIENS, DIS ?
ALORS, CETTE MANIE DE VOUS ARRACHER LES POILS ET LES CILS ?
ELLE LUI EST PASSÉE! IL N'Y PENSE MÊME PLUS, DOCTEUR!
... ET GRÂCE À VOUS, IL S'EST MÊME ARRÊTÉ DE FUMER...
AH BON ? LÀ, JE NE VOUS SUIS PAS...
REGARDEZ ! SI JE LUI METS UNE CIGARETTE DANS LA BOUCHE...
IL NE PARVIENT MÊME PLUS À L'ALLUMER, ET MALGRÉ ÇA IL N'EST PAS ENCORE CONTENT! VOUS Y COMPRENEZ QUELQUE CHOSE, VOUS ?...
TU AS FINI, CHÉRIE ? MAINTENANT, J'AIMERAIS DIRE UN MOT AU DOCTEUR! SEUL À SEUL!
228
4
MALCOVICI · CAUVIN

Bonne à tout faire

Service de garde

CHÉRI ?
OUI ?
NE M'ATTENDS PAS POUR DÉJEUNER, O.K. ?
EUH... BON !
CLIC
SNIF ? SNIF ?
BROOOO GARRGLL GROOIRG
CHÉRIII ! C'EST MOI !
VLAM
POURQUOI T'A-T-ON APPELÉE ?
UN ACCIDENT DE LA ROUTE ! IL Y AVAIT DEUX BLESSÉS GRAVES ET...
DRIIING DRRIIING DRRIIING
ALLÔ ? MAMAN... C'EST TOI ?!...
BELLE-MAMAN ?...OUI, C'EST MARTINE ICI...TOUT VA BIEN, MERCI ET AU REVOIR !

MAIS ENFIN, CHÉRIE, C'EST MAMAN...
TU N'ALLAIS PAS TE METTRE À DISCUTER AVEC ELLE, ALORS QUE L'HÔPITAL PEUT M'APPELER À TOUT MOMENT ?!
MAIS J'AI QUAND MÊME LE DROIT DE SAVOIR COMMENT ELLE VA !
ELLE VA BIEN ! LA PREUVE, ELLE TÉLÉPHONE ! ELLE TE LE CONFIRMERA QUAND TU LUI TÉLÉPHONERAS LUNDI APRÈS-MIDI !
DRIII
ALLOÔÔÔ ? OUI ! J'ARRIVE !
TU... TU REPARS ?
BEN OUI...
MAIS J'AI FAIM, MOI !
MANGE DES BISCUITS !
ET JE M'ENNUIE...
REGARDE LA TÉLÉ...
SCHROMPF CRONCH
MONF...
BEN MON PAUVRE VIEUX ! ET C'EST COMME ÇA TOUTE LA JOURNÉE ?
SI CE N'ÉTAIT QUE LA JOURNÉE...
LA NUIT, C'EST PIRE !...
Z
Z
OUI ?
DRRIIIINNNGG
C'EST BON, J'ARRIVE !
À TOUT À L'HEURE !
C'EST ÇA... À TOUT À L'HEURE...
VLAM
DRRIIINNG

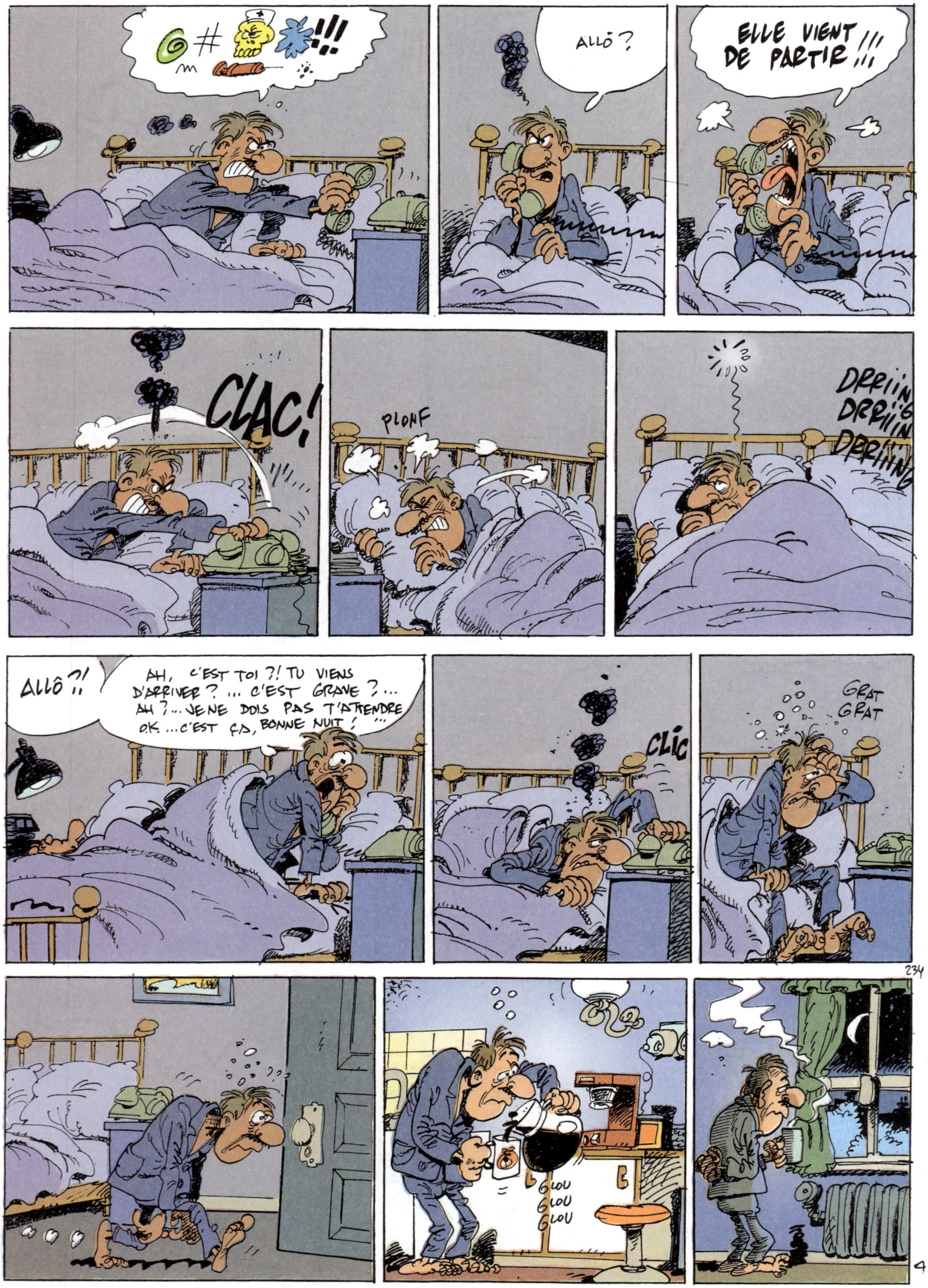

ALLÔ ?
ELLE VIENT DE PARTIR !!!
CLAC !
PLONF
DRRIING DRRIING DRRIING
ALLÔ ?!
AH, C'EST TOI ?! TU VIENS D'ARRIVER ? ... C'EST GRAVE ?... AH ?... JE NE DOIS PAS T'ATTENDRE O.K. ... C'EST ÇA, BONNE NUIT ! ...
CLIC
GRAT GRAT
GLOU GLOU GLOU

ET... ET LE LENDEMAIN ?
ÇA RECOMMENCE ...
CHÉRIE, QU'EST-CE QUE JE VAIS MANGER À MIDI, MOI ?
JE NE SAIS PAS, MOI !
SI JE NE SUIS PAS RENTRÉE, VA AU RESTO !
COMMENT ? À VÉLO ?!
OH ! J'OUBLIAIS, HIHIHI QUE J'AI BESOIN DE LA VOITURE... MANGE DES BISCUITS !
Y A PLUS DE BISCUITS !
PRENDS DES BISCOTTES !
VLAM !
SHROMP SHROMPF
ELLE A FINI MAINTENANT ? ...
OUAIS ! CE MATIN À HUIT HEURES ...
QU'EST-CE QU'ELLE FAIT POUR LE MOMENT ?
ELLE SE REPOSE...
À TA PLACE, J'IRAIS ME REPOSER AUSSI !
TU AS RAISON ...
PLUS TARD...
COMMENT ÇA, TU N'AS PAS FAIT À MANGER ?
JE SUIS CREVÉE !
MAIS J'AI FAIM, MOI !
PRENDS DES BISCUITS...
Y A PLUS DE BISCUITS !...
MANGE DES BISCOTTES, ALORS...
Y A PLUS DE BISCOTTES !
PRENDS LA VOITURE...
HOULALA, VOUS EN AVEZ UNE TÊTE ! ON DIRAIT QUE VOUS AVEZ FAIT LA NOUBA TOUT LE WEEK-END !...
LA NOUBA ! VOUS PARLEZ D'UNE NOUBA !... VOULEZ QUE JE VOUS RACONTE ?...

Les bonnes et les gentilles

LES OPTIMISTES...
ON VA VOUS FAIRE UNE PIQÛRE...
...ET LES PESSIMISTES...
...ENCORE QUE JE ME DEMANDE SI CELA EN VAUT VRAIMENT LA PEINE...
LES AUTORITAIRES...
PAR ICI, VOS FESSES !
LES TIMIDES...
FAITES-LA VOUS-MÊME, J'OSE PAS.
ET ENFIN, CELLES QUI CONNAISSENT LEUR MÉTIER SUR LE BOUT DES DOIGTS...
MMMH...
...ET LES AUTRES.
ET LES MÉDECINS ? ILS SONT TOUS DIFFÉRENTS AUSSI ?
MALHEUREUSEMENT, NON ! EUX, ILS SONT TOUS PAREILS...

Gag!

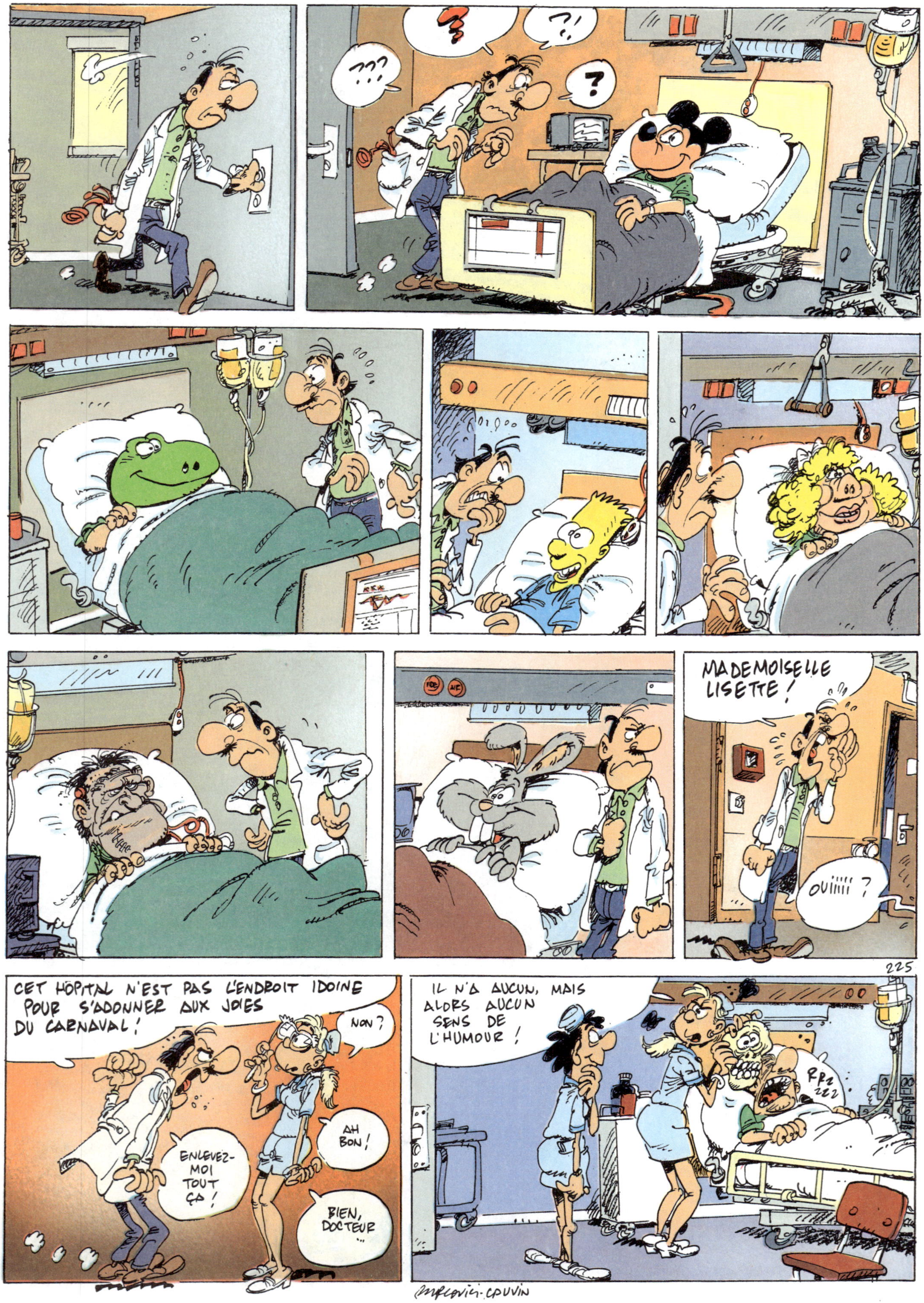
???
?!
?
MADEMOISELLE LISETTE !
OUIIIII ?
225
CET HÔPITAL N'EST PAS L'ENDROIT IDOINE POUR S'ADONNER AUX JOIES DU CARNAVAL !
NON ?
ENLEVEZ-MOI TOUT ÇA !
AH BON !
BIEN, DOCTEUR...
IL N'A AUCUN, MAIS ALORS AUCUN SENS DE L'HUMOUR !
RRZ ZZZ

Ahûûûû... ahiiii...

NE VOUS INQUIÉTEZ PAS, MADAME, ELLE S'EN SORTIRA ....
AH ?
M'MAN ! ...
QU'EST-CE QU'IL Y A ENCORE ?
C'EST CATHERINE, M'MAN ! ELLE EST DEVENUE TOUTE BLEUE AUSSI !
PIN PON PIN PON PIN
VROOOO
MILLE MILLIARDS, TU NE POUVAIS PAS LE DIRE PLUS TÔT ? HÉÉÉÉ !
HOUUUU !
REVENEZ !
PIN PON PIN PON PIN PON
HELP !
VROOooo
AU SECOURS !
MON DIEU...
ENCORE ? BON ! PAS DE PANIQUE ! DÈS QUE L'AMBULANCE EST ARRIVÉE, JE LA RENVOIE CHEZ VOUS !
ET EN ATTENDANT, QU'EST-CE QUE JE FAIS, MOI ?! ....
CLAC
VOUS ALLEZ PROCÉDER À LA MANŒUVRE D'HEIMLICH... ÇA NE MARCHE PAS À TOUS LES COUPS, MAIS ÇA NE COÛTE RIEN D'ESSAYER...
229
ASSEYEZ VOTRE ENFANT SUR UNE TABLE ...
VOUS LE CEINTUREZ PAR DERRIÈRE, VOUS LUI APPLIQUEZ BIEN LES DEUX MAINS AU-DESSUS DU NOMBRIL...
ET VOUS TIREZ BRUTALEMENT D'UN COUP SEC VERS LE HAUT ET EN ARRIÈRE ...
HGN
PTOU
2

N'ENVOYEZ PAS D'AMBULANCE! J'AI ESSAYÉ UN TRUC, ET ÇA A MARCHÉ.
AH BON? TANT MIEUX!
M'MAN!
Y A LOÏC QUI A ATTRAPÉ QUELQUE CHOSE DANS L'ŒIL...
C'EST PAS VRAI! MAIS C'EST PAS VRAI!
ZOUF
SI QUELQUE CHOSE LUI A TAPÉ DANS L'ŒIL, VEILLEZ À CE QU'IL NE SE FROTTE PAS LES YEUX....
CE N'EST RIEN, MON CHÉRI, MAMAN VA APPELER LE DOCTEUR...
M'MAN!...
LOUISE, ELLE S'EST ENFONCÉ QUELQUE CHOSE DANS LE NEZ ET ELLE PEUT PLUS LE RETIRER...
ET SURTOUT, TIENS BIEN LES MAINS DE TON FRÈRE!
REGARDEZ SI L'OBJET EST INSTALLÉ DANS LES FOSSES NASALES.
DIEU DU CIEL! IL Y EST!
BIEN! N'ESSAYEZ PAS DE LE RETIRER... FAITES MOUCHER L'ENFANT.

TUUUUUT
S'IL N'EST TOUJOURS PAS ÉVACUÉ, CONDUISEZ-LE DANS UN CENTRE SPÉCIALISÉ O.R.L ...
OU BIEN APPELEZ LES URGENCES.
QUOI ? ENCORE ! C'EST UNE BLAGUE OU QUOI ?!
NE T'INQUIÈTE PAS, MA CHÉRIE, ILS VONT ARRIVER !...
MAIS QU'EST-CE QUE TU AS À TRIPOTER TON OREILLE SANS ARRÊT, TOI ?! MONTRE VOIR !
OH NOOOOON !
SI UN CORPS ÉTRANGER EST ENTRÉ DANS L'OREILLE, N'ESSAYEZ PAS DE LE RETIRER, VOUS RISQUERIEZ DE LE POUSSER ET DE PROVOQUER UN TRAUMATISME DANS LE CONDUIT AUDITIF...
BOU HOU HOU
NON, CONDUISEZ-LE PLUTÔT DANS UN CENTRE SPÉCIALISÉ O.R.L, OU ALORS...
ET SI VOUS ET VOS ENFANTS VENIEZ VOUS INSTALLER ICI À L'HÔPITAL ?!
NON, NON, MADAME, JE NE RIGOLE PAS ! ...
LE SOIR VENU...
LES ENFANTS SONT COUCHÉS ?
OUI, CHÉRI ! OH, À PROPOS, IL FAUDRAIT DIRE À TA MÈRE DE NE PLUS LEUR OFFRIR DE JEUX DE CONSTRUCTION ... ILS N'ARRÊTENT PAS DE JOUER AVEC LES VIS ET LES BOULONS...
TÉLÉ
229
Cauvin 93

Bouée de sauvetage

...AU RESTAURANT...
AU BUREAU...
ET SURTOUT SURTOUT, EN VOITURE...
OUAAH!
HOULOULOU!
AÏE!
OUAAAAH...
À LA SUITE DE ÇA, À FORCE DE RESTER DEBOUT, JE RISQUAIS D'AVOIR DES VARICES COMME DES CORDES À LINGE ET DES DURILLONS COMME DES POMMES REINETTES... IL FALLAIT QUE JE TROUVE QUELQUE CHOSE...
ET J'AI TROUVÉ!
UNE... UNE BOUÉE ?!
EXACT! REGARDEZ, IL ME SUFFIT DE LA DÉPOSER SUR UN SIÈGE...
ET DE M'ASSEOIR DESSUS! MON ANTHRAX N'ÉTANT PAS EN CONTACT AVEC LA CHAISE, C'EST TOUT DE SUITE PLUS SUPPORTABLE...
C'EST INGÉNIEUX...
BIEN SÛR, DANS LA RUE, LES GENS S'ÉTONNENT DE ME VOIR CIRCULER AVEC MA BOUÉE ET J'ENTENDS SOUVENT LEURS RÉFLEXIONS IMBÉCILES...
D'ACCORD, IL PLEUT, MAIS FAUT PAS EXAGÉRER TOUT DE MÊME...
VOUS ALLEZ VOIR, APRÈS ÇA, IL VA CONSTRUIRE UNE ARCHE...

... MAIS JE M'EN MOQUE ! L'IMPORTANT C'EST DE TENIR ENCORE QUELQUES JOURS ! AU REVOIR MADEMOISELLE, AU REVOIR DOCTEUR.
AU REVOIR !
ET À BIENTÔT...
IL Y A ENCORE DU MONDE, SUZANNE ?
NON DOCTEUR C'ÉTAIT LE DERNIER...
ALORS VOUS POUVEZ Y ALLER
À DEMAIN !
C'EST ÇA ! À DEMAIN !
DES JOUETS
C'EST VRAI ? VOUS N'AVEZ QUE CE MODÈLE-LÀ ?
POUR LE MOMENT, OUI ! VOUS SAVEZ, ON N'EST PLUS EN PÉRIODE DE VACANCES...
SEGA
JE PRENDS !
JE VOUS L'EMBALLE ?
NON ? C'EST POUR SERVIR TOUT DE SUITE !
AH ? IL PLEUT DEHORS ? J'AVAIS PAS REMARQUÉ...
?
JE M'ATTENDAIS À CE GENRE DE RÉFLEXION IMBÉCILE, MAIS JE M'EN MOQUE !...
?
L'IMPORTANT, C'EST DE TENIR ENCORE QUELQUES JOURS !
SEGA
RHÂÂÂ ...C'EST VRAI QUE ÇA FAIT DU BIEN !
POURQUOI DIABLE N'Y AI-JE PAS PENSÉ PLUS TÔT ?
Mazel · Cauvin

Rejet

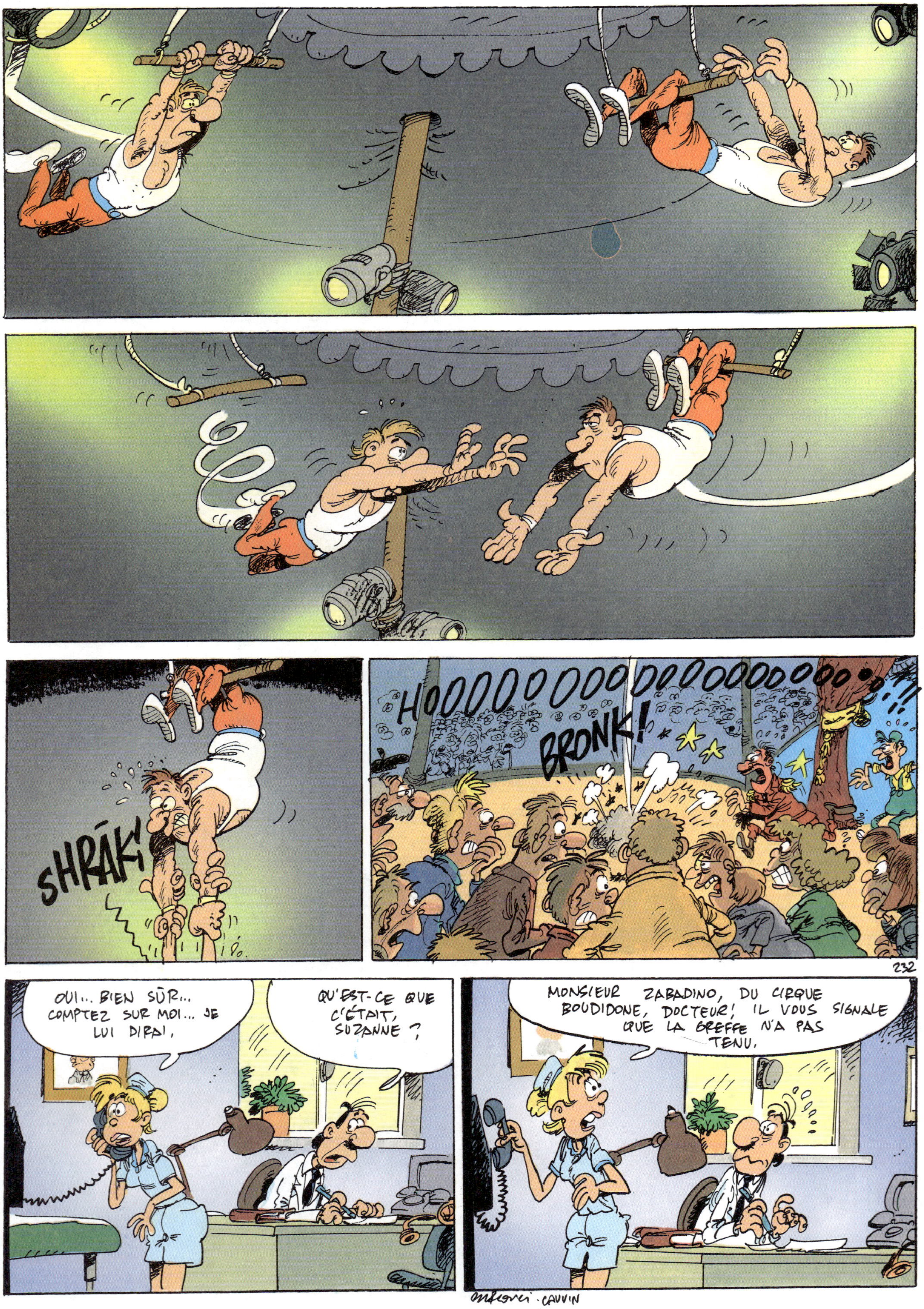
SHRĀK!
HOOOOOOOOOOOOOOOOOOOO!!
BRONK!
232
OUI... BIEN SÛR... COMPTEZ SUR MOI... JE LUI DIRAI.
QU'EST-CE QUE C'ÉTAIT, SUZANNE ?
MONSIEUR ZABADINO, DU CIRQUE BOUDIDONE, DOCTEUR! IL VOUS SIGNALE QUE LA GREFFE N'A PAS TENU.
Mazel · CAUVIN

Mors in tabula

...MAIS IL EST...
CHHHT!
ON SAIT BIEN QU'IL EST MORT! C'EST UN CAS DE "MORS IN TABULA"...
UN... UN QUOI ?
UN PATIENT DÉCÉDÉ EN COURS D'OPÉRATION !
CE N'EST PAS COURANT MAIS ÇA ARRIVE !
POURQUOI VOUS NE LE DITES PAS ?
TU ES FOLLE ? LA FAMILLE VA CROIRE À UNE FAUTE DE DIAGNOSTIC OU À UNE ERREUR MÉDICALE, ELLE RISQUE DE PORTER PLAINTE, ET S'IL Y A PLAINTE, IL Y A ENQUÊTE...
S'IL Y A ENQUÊTE, LES MÉDIAS S'EN MÊLERONT, BREF UN TAS DE PUBLICITÉ DONT LE PATRON AIMERAIT BIEN SE PASSER...
JE COMPRENDS...
C'EST PARFAIT ! TU ES UNE FILLE INTELLIGENTE...
EN ATTENDANT, QU'EST-CE QUE JE FAIS, MOI ?
RIEN ! TU ATTENDS UNE HEURE OU DEUX ET TU CONSTATES LA MORT OFFICIELLEMENT !
ET SI ON ME DEMANDE DE QUOI IL EST MORT ?
EMBOLIE PULMONAIRE ! LE DOCTEUR MINET CONFIRMERA !...
ET S'IL Y A DES VISITES ?
PAS DE VISITES ! INTERDITES, LES VISITES !
ET SI L'ON INSISTE !?
TU TE DÉBROUILLES !...
EEEEEH ?!
ALORS, COMMENT VA-T-IL ?

MADAME !?... MAIS QUI ÊTES-VOUS ?
SA FEMME !
ALBERT ?
AALBEEEERT ...
IL M'ENTEND ?
NON ! EUH ... ENFIN ... PEUT-ÊTRE ! ÉCOUTEZ, JE SUIS DÉSOLÉE MAIS ...
... VOUS N'AVEZ RIEN À FAIRE ICI, MADAME...
MADAME...
IL EST TOUT FROID ! C'EST NORMAL ?
OUI !... EUH ... NON ! ENFIN, SI ! JE NE SAIS PAS, MOI ! ÉCOUTEZ, MADAME, JE...
C'EST BIZARRE, JE CROYAIS LE RETROUVER AVEC PLEIN DE TUYAUX PARTOUT, COMME APRÈS CHAQUE OPÉRATION ...
DES... DES TUYAUX ? AH OUI, DES TUYAUX... C'EST QUE... EUH... NOUS N'EN AVONS PLUS EN STOCK... HÉ HÉ...
BON, ET À PRÉSENT, ÇA SUFFIT ! IL FAUT LE LAISSER DORMIR !
ATTENDEZ !!!
HEIN ? ATTENDRE QUOI ?
IL A BOUGÉ !
235
IMPOSSIBLE ! ALLEZ, DEHORS ! JE N'AI PAS QUE CELA À FAIRE, MOI !
JE VEUX RESTER PRÈS DE LUI !
PAS QUESTION !
S'IL VOUS PLAÎT !
J'AI DIT NON !
ET S'IL SE RÉVEILLE ?
JE VOUS APPELLERAI ...

J'AI HONTE, MAIS C'EST CELA OU ME RETROUVER AU CHÔMAGE...
ON NE BADINE PAS AVEC LES INSTANCES DE CET HÔPITAL...
ALLEZ, COURAGE, ALBERT, DANS UNE HEURE VOUS SEREZ ENFIN MORT OFFICIELLEMENT...
D'ICI LÀ, IL FAUDRA PRENDRE VOTRE MAL EN PATIENCE...
ENFIN, SI JE PUIS DIRE...
PEU APRÈS...
RÉCEPTION
DOCTEUR MINET, DOCTEUR MINET !
ÇA VA, ÇA VA, JE SAIS ! EMMENEZ-LE À LA MORGUE, AVERTISSEZ LA FAMILLE ET CHARGEZ-VOUS DES FORMALITÉS...
MORGUE
OUI... JUSTE APRÈS VOTRE DÉPART... UNE EMBOLIE PULMONAIRE ... OUI, LE DOCTEUR MINET VOUS LE CONFIRMERA... ...JE SUIS DÉSOLÉE.
AU REVOIR, MADAME...
LA CHAMBRE 22 EST LIBRE...
235
PLUS TARD...
MAIS ENFIN, CHÉRIE, QU'EST-CE QUI T'A ENCORE MISE DANS UN ÉTAT PAREIL ?
UN "MORS IN TABULA"
UN... UN QUOI ?
OH, LAISSE TOMBER !
4

Dent de vipère

LÀ !
J'ESPÈRE QUE TU N'AS RIEN DANS LA BOUCHE !?
N... NON ! ET TOI ?
...NON PLUS !
VAS-Y, SUCE !
HEIN ? ET... ET TOI ?
JE LIS...
EN ATTENDANT LE MÉDECIN...
ENSUITE ?
WWWSSS... WWWSSS... WWWSSS...
WWWSSS WWSSS WWWSSS WWWSSS
ALLÔ, DOCTEUR FRANCIS LEBRUN ?
NON, C'EST SON ÉPOUSE...
POUVEZ-VOUS LUI DIRE QUE MON MARI VIENT D'ÊTRE MORDU AU PIED PAR UNE VIPÈRE ?
AH BON, LUI AUSSI ?!
WWWSSS WWWSSS WWSSS
WWWSSS... WWWSSS... WWWSSS...
ALORS ? WWWSSS... QU'EST-CE QU'IL A DIT ?
WWWSSS... WWWSSS...
CLAC
TAIS-TOI ET SUCE !
...PLACEZ UN GARROT AU-DESSUS DE LA PLAIE MAIS NE COMPRIMEZ PAS L'ARTÈRE...
WSSS WWWSSS WWWSSS WWWSSSS
PEUX-TU T'ARRÊTER UNE SECONDE ?
?

ÇA VA, TU PEUX CONTINUER !
ENSUITE... IL FAUT FAIRE SAIGNER EN FAISANT UNE INCISION EN CROIX AVEC UNE LAME DE RASOIR...
HEIN ?!
AH NON ! AH NON !
TU VEUX SURVIVRE ? ...
OUI, BIEN SÛR ...
MAIS ...
ALORS, JE SUIS DÉSOLÉE... VA FALLOIR Y PASSER !
QU'EST-CE QUE C'EST QUE ÇA ?!
BEN, UN COUTEAU DE CUISINE !
MAIS IL EST BIEN STIPULÉ : UNE LAME DE RASOIR !
TU N'AS QU'UN RASOIR ÉLECTRIQUE, MON CHÉRI...
OUAAAH !!!!!
HOULA... HOULALA... PFFFT... PFFTT... AÏE AÏE AÏE ... MAMAN... OUILLE OUILLE OUILLE... HOULOULOUUUU HALALALA...
ÇA SUFFIT, ALEX !
AH, CES HOMMES...
MILLE MILLIARDS DE ... ET CE ... DE DOCTEUR, IL ARRIVE ?!
TIENS ? C'EST VRAI... JE ME DEMANDE OÙ IL EN EST, CELUI-LÀ...
ALLÔ ? MADAME LEBRUN ? OÙ EN ÊTES-VOUS ?
JE VIENS JUSTE DE LUI FAIRE LA PETITE INCISION...
236
HOULA... HOULALA... PFFFT... PFFTT... AÏE AÏE AÏE... MAMAN... OUILLE OUILLE OUILLE... HALALA... HOULOULOUUUU...
FRANCIS, ÇA SUFFIT !
AH... CES HOMMES !
À QUI LE DITES-VOUS !
CHÉRIE, MON PIED, IL DEVIENT VIOLET !
DESSERRE LE GARROT !
BIEN ! OÙ EN ÉTAIS-JE, MOI ?
AH OUI... LAVER LA PLAIE À L'EAU BOUILLIE...

AH NON! AH NON!
CHÉRI, NE FAIS PAS L'ENFANT VEUX-TU ?
OUAAAYAAAOUUUUU!!
C'EST PAS CROYABLE! ENCORE HEUREUX QU'IL N'AIT PAS DU ACCOUCHER...
ALLÔ ? MADAME LEBRUN ?
AH, C'EST ENCORE VOUS ? ... UN INSTANT, VOUS PERMETTEZ?
MAIS JE VOUS EN PRIE...
OUAAAYAAAOOUUU!!
ALLÔ ?
JE VOIS QUE VOUS ÊTES ARRIVÉE À LA FIN DU MANUEL AUSSI...
OUI!
ET MAINTENANT, QU'EST-CE QU'ON FAIT ?
J'ALLAIS JUSTEMENT VOUS LE DEMANDER...
ALORS, QU'EST-CE QU'ON FAIT ?!
ALORS! QU'EST-CE QU'ON FAIT ?
ET SI ON APPELAIT UNE AMBULANCE ?
J'ALLAIS JUSTEMENT VOUS LE PROPOSER!
NON, NON, VOUS AVEZ BIEN FAIT, MAIS IL FAUDRA ATTENDRE UN PEU... LE MÉDECIN DE GARDE VIENT D'APPELER... IL VIENT JUSTE D'AVOIR ÉTÉ MORDU PAR UNE VIPÈRE...
C'EST FOU CE QU'IL PEUT Y AVOIR DE CES SALES BÊTES DANS LA MONTAGNE DE CES TEMPS-CI !...
À QUI LE DITES-VOUS!
236
BERCOVICI-CAUVIN

Balles perdues

Manque de pratique

* AUTHENTIQUE

BON ! EH BIEN MOI, J'EN AI MARRE... IL FAIT BEAU, JE VAIS EN PROFITER POUR ALLER PROMENER ZÉZETTE...
ÇA, C'EST TOUT TON PÈRE ! QUAND ON PARLE DE CHOSES INTÉRESSANTES, IL S'EN VA !
COMMENT DOIT-ON FAIRE SI L'ON VEUT OFFRIR SON CORPS À LA SCIENCE ?
TU VAS OFFRIR TON CORPS, TOI ?! ...
TU N'Y PENSES PAS ! TU NE CONFIERAIS TOUT DE MÊME PAS LA DÉPOUILLE DE TON ÉPOUSE À DES MAINS ÉTRANGÈRES...
MAIS ALORS, POURQUOI TE RENSEIGNES-TU ?
ZÉZETTE !
WAF WAF WARF ! WIRF !
ALORS ?
IL FAUT SIMPLEMENT SIGNER UNE LETTRE D'ENGAGEMENT...
C'EST TOUT ?
C'EST TOUT ! À SON DÉCÈS, ON VIENT CHERCHER LE DONATEUR...
AU REVOIR, TOUT LE MONDE...
... ON L'ÉVISCÈRE, ON L'EMBAUME ET ON LE MET DANS UNE CHAMBRE FROIDE. PAR APRÈS, IL SERA TRÈS UTILE AUX TRAVAUX DE RECHERCHE CHIRURGICALE.
BEEEERK

ALLEZ, VIENS, FIFILLE, ON EN A ASSEZ ENTENDU POUR AUJOURD'HUI...
ARF ARF HARF
HHH
BON, EH BIEN SUR CE. JE VAIS ALLER RELIRE MES COURS.
ALBEEEERT...
OUI ?
ON A À DISCUTER TOUS LES DEUX...
AH NON !
ARF ARF ARF
ARF
QUOI, NON ?
JE SAIS CE QUE TU VAS ME DEMANDER...
MAIS...
ET C'EST NON ! NON ET NON...
MAIS PERSONNE NE T'OBLIGE...
HEUREUX DE TE L'ENTENDRE DIRE...
ARF ARF HHH
C'EST TON CORPS APRÈS TOUT... TU ES LIBRE D'EN FAIRE CE QUE BON TE SEMBLE...
BEN TIENS...
ARF ARF
LE LAISSER RETOURNER BÊTEMENT EN POUSSIÈRE PAR EXEMPLE...
PAR EXEMPLE...
HARF ARF ARF
OU EN CENDRE, DANS UN CRÉMATORIUM...!
POURQUOI PAS ?
ARF ?
NOTE QUE SI TELLES SONT TES DERNIÈRES VOLONTÉS, ON PEUT LE LESTER DE PLOMB ET L'ENVOYER AU FOND DE LA MER, ÇA DISTRAIRA AU MOINS LE PLANCTON...
MON DIEU, QUE TU ES SPIRITUELLE...
ARF ARF

LE DON DU CORPS EST PAR EXCELLENCE LE DERNIER SERVICE PHILANTHROPIQUE QUE L'HOMME PEUT RENDRE SUR LA TERRE, ET TOI, NATURELLEMENT, IL FAUT QUE TU PASSES À CÔTÉ...
O.K! D'ACCORD! J'ACCEPTE!
ALBEEEERT...!
HOULALALA... QU'EST-CE QUE VOUS FÊTEZ ?
TON PÈRE VIENT DE PRENDRE UNE GRANDE DÉCISION!...
ON PEUT SAVOIR ?
AH OUI ? LAQUELLE ?
IL A DÉCIDÉ DE LÉGUER SON CORPS À LA MÉDECINE!
C'EST VRAI, PAPA ?
C'EST VRAI! J'AI COMPRIS QUE SI, PLUS TARD, NOUS VOULONS DE BONS MÉDECINS ET DE BONS CHIRURGIENS, IL FAUT QUE CERTAINS D'ENTRE NOUS MONTRENT L'EXEMPLE... MAIS... JE VOUDRAIS D'ABORD POSER UNE QUESTION...
VAS-Y!
VOUS EN CONNAISSEZ, VOUS, DES MÉDECINS OU DES CHIRURGIENS QUI LÈGUENT LEUR CORPS À LA SCIENCE ?
237
TU VIENS, ZÉZETTE ?
WAF WAF
C'EST VRAI, ÇA!... CHARITÉ BIEN ORDONNÉE COMMENCE PAR SOI-MÊME! PAS VRAI, ZÉZETTE ?
PARDON ?
OH! VOUS NE POUVEZ PAS COMPRENDRE...
4

Capitaine au long cours

MATERNITÉ
ALORS ?
ÇA MARCHE ! VOTRE MARI EST DANS TOUS SES ÉTATS !
...OÙ EST LE BÉBÉ ?
VOTRE COLLÈGUE EST PARTIE LE CHERCHER À LA COUVEUSE !
ELLE EN MET DU TEMPS !
ATTENTION ! CHAUD DEVANT ! J'ARRIIIIIVE !
VAS-Y ! À TOI DE JOUER ! ET SURTOUT, AIE L'AIR NATUREL...
TU VEUX MA PLACE ?
MES FÉLICITATIONS, CAPITAINE ! C'EST UN GARÇON !
UN GARÇON ?!
UN GARÇON...
HIHIHI ! MAIS OUI ! ET RIEN NE VOUS EMPÊCHE DE VÉRIFIER...
?
? ? ?
EXCUSEZ-MOI ... HÉHÉHÉ. JE CROIS QU'IL Y A ERREUR ... HÉHÉHÉ...

MAIS! CE N'EST PAS MON BÉBÉ, ÇA!
LÉA, ESPÈCE D'IDIOTE!
HÉ! HO! TOUT LE MONDE PEUT SE TROMPER, NON ?...
J'AURAIS VOULU VOUS Y VOIR, MOI, DANS LA PRÉCIPITATION...
MON DIEU, MON DIEU, QU'EST-CE QUE JE VAIS LUI DIRE MOI, MAINTENANT ?...
ET... ET SI ON LUI AVOUAIT TOUT SIMPLEMENT LA VÉRITÉ?
AU POINT OÙ ON EN EST, C'EST PLUTÔT DIFFICILE DE REVENIR EN ARRIÈRE...
ATTENTION, POUSSEZ-VOUS!
C'EST LE BON?
SÛRE ET CERTAINE! J'AI VÉRIFIÉ!
OUI OUI! C'EST LUI. CETTE FOIS, C'EST BIEN LE MIEN!
EEEEH! MAIS?
NE VOUS EN FAITES PAS! JE M'EN CHARGE!
HIHIHIHI!... QUAND JE ME SUIS APERÇUE QUE MA COLLÈGUE AVAIT EMPORTÉ LE BÉBÉ DE LA DAME D'À CÔTÉ, HIHI, VOUS PENSEZ SI JE ME SUIS EMPRESSÉE DE VOUS APPORTER LE VÔTRE...
HI HI!
IL NE FAUT SURTOUT PAS LUI EN VOULOIR... ELLE EST UN PEU ZINZIN... SI VOUS VOYEZ CE QUE JE VEUX DIRE! QUE VOULEZ-VOUS, IL Y A PÉNURIE D'INFIRMIÈRES, ET ILS ONT TENDANCE À ENGAGER UN PEU N'IMPORTE QUI...
HEU...
223
AU SECOURS!
GRRRR
CONTENT DE REVENIR À BORD, CAPITAINE?
ET COMMENT! D'ABORD, J'AI VISITÉ UN HÔPITAL DE FOUS AVEC DES BÉBÉS INTERCHANGEABLES, ET DES INFIRMIÈRES QUI SE TAPAIENT DESSUS. ET EN PLUS, MA FEMME ME FAIT LA TÊTE, PARCE QUE TOUT COMPTE FAIT, J'AI DÉCIDÉ D'APPELER MON FILS MORGAN À LA DERNIÈRE MINUTE... VOUS Y COMPRENEZ QUELQUE CHOSE, VOUS?

Dessert pour tout le monde

PRINTED IN BELGIUM BY
proost
INTERNATIONAL BOOK PRODUCTION